novum pro

AF146848

Kunibert Horwat

Dort wo die Ziegen sind

novum pro

www.novumverlag.com

Bibliografische Information der Deutschen Nationalbibliothek:

Die Deutsche Nationalbibliothek verzeichnet diese Publikation in der Deutschen Nationalbibliografie. Detaillierte bibliografische Daten sind im Internet über http://www.d-nb.de abrufbar.

Alle Rechte der Verbreitung, auch durch Film, Funk und Fernsehen, fotomechanische Wiedergabe, Tonträger, elektronische Datenträger und auszugsweisen Nachdruck, sind vorbehalten.

© 2020 novum Verlag

ISBN 978-3-99107-031-3
Lektorat: Alexandra Eryigit-Klos
Umschlagfotos: Melanie Smith, Adrenalinapura, Chernetskaya | Dreamstime.com
Umschlaggestaltung, Layout & Satz: novum Verlag

Gedruckt in der Europäischen Union auf umweltfreundlichem, chlor- und säurefrei gebleichtem Papier.

www.novumverlag.com

Sechs Tage soll man arbeiten. Am siebten Tag ruhen. So wurde es uns befohlen von jemandem, den niemand kennt. Den niemand je gesehen hat.

Die Menschen sind überzeugt von seiner Existenz. 65 Prozent von ganzem, das keine Materie ist und keinen physikalischen Gesetze unterworfen ist.

Sie spüren seine Gesetze, innerhalb derer die ganze Natur existieren muss. Nicht nur jene Gesetze vom Berg Sinai.

Täglich werden neue entdeckt.

Nehmen wir das Gesetz der menschlichen Arbeit:

Das vorgeschossene Kapital (für Rohstoffe + Produktionsmittel + Arbeitskraft) = Produkt + Profit.

Das vorgeschossene Kapital von 100 Euro (für Rohstoffe + Produktionsmittel + Arbeitskraft) = Produkt von 100 Euro + Profit, z. B. 20 Euro.

Das Ziel der menschlichen Arbeit ist der Profit. Der Profit ist die unbezahlte Arbeit der Arbeitenden.

Der Profit ist für die Materialisation von Ideen nötig.

Eine Idee ist nichts Materielles. Wenn jemand keinen Profit produziert ist er nicht nur zur Stagnation verdammt, sondern dem Untergang geweiht, weil sein Leben zwecklos geworden ist.

Der Tribut des Menschen ist die Arbeit – die Produktion von Profiten und die Materialisation von Ideen.

Andere Lebewesen produzieren keine Profite. Sie materialisieren keine Ideen. Sie bezahlen ihren Tribut mit sich selbst.

Der Mensch ist gezwungen zu existieren, er ist gezwungen geboren zu werden und zu sterben.

Der Mensch ist gezwungen zu arbeiten, Profite zu produzieren und Ideen zu materialisieren, um ein uns unbekanntes Ziel zu erreichen.
Für etwas, was niemand kennt.
Deswegen sind wir da.
Der Mensch ist nicht Zweck seiner selbst.

Mit Proviant vollbeladenen Flechtkörben in ihren Händen im kleinen, schmalen Flur der Wohnung schrie eine kleine, dickleibige Frau nach ihrem Sohn, als ob er meilenweit entfernt wäre: Isiid, wir müssen gehen! Komm!"

Isid streckte seinen runden, lockigen Kopf durch die Türspalte seines Zimmers, machte die Tür weit auf und starrte die Mutter erstaunlich an: „Ich hasse Samstage und Sonntage! Fährt denn Mati nicht mit?"

Sein Gesicht erstrahlte, als er erfuhr, dass auch die Freundin seines älteren Bruders mitfuhr, denn dann gäbe es keinen Platz für ihn im Wagen.

„Ich bleibe lieber zu Hause", sagte er und zwinkerte der Mutter zu. Sie wies ihn darauf hin, dass sie für ihn kein Essen gekocht hatte und er in dieser kleinen, stickigen Wohnung ersticken würde und dass er über das Wochenende frische Luft in der Natur brauche. Doch er meinte nur, er komme zurecht und außerdem möchte er heute Abend ausgehen.

Die Mutter schaute ihn an und flüsterte neugierig: „Hast du eine Freundin?" „Wenn ich jedes Wochenende mit euch in den Bergen im Wochenendhaus verbringen und arbeiten muss, werde ich nie eine haben. Bald sind alle vergeben!"

Die Mutter ließ ihre Flechtkörbe zu Boden gleiten und kniff ihn in den Babyspeck seiner runden Wange: „Im Kühlschrank und in der Kühltruhe wirst du schon etwas Essbares finden", sagte sie, nahm ihre Flechtkörbe und verließ watschelnd die Wohnung.

Izid legte sich auf seine alte, verschlissene Liege. Durch das offene Fenster zum Hof floss der Duft des blühenden Aprikosenbaumes ins Zimmer. Irgendwo in einer Wohnung des Blocks übte jemand Flöte.

In Izid brodelte es.

Durch das Wohnzimmerfenster schaute er auf die Straße hinab: Der Nachbar stopfte seinen kleinen Wagen mit unbrauchbaren Gegenständen voll. Seine kleinen Kinder liefen um den Wagen, kreischten und winkten ihm zu. Dann schaute er auf die Unordnung im Zimmer seiner Eltern und in das Zimmer seines Bruders. Auf die Reste des frisch gebackenen Kuchens in der Küche hatte er keinen Appetit. Die innere Unruhe trieb ihn, die Wohnung zu verlassen.

Eine warme Frühlingsbrise strich durch die Straßen. Es duftete nach den Gesetzen der Liebe – nach den Gesetzen der Reproduktion, ohne denen das Leben unmöglich wäre. Durch sein Studium hatte er sie in den Hintergrund gedrängt.

An Feiertagen fühlte er sich einsam. Neue Gefühle ließen ihm keine Ruhe. Immer wieder versuchten die Mädchen seine Zuneigung zu gewinnen. Dass die Richtige noch nicht erschienen war, war seine Überzeugung.

An der Eingangstür eines Gebäudes hinter der Oper sah er die Ankündigung für eine Tanzveranstaltung für Schüler und Studenten am heutigen Abend. In seinen Gedanken erschien das große, schlanke Mädchen mit den dunklen, langen Haaren und den blauen Augen, das sein Lächeln schon einige Male erwidert hatte. „Heute Abend werde ich sie ansprechen", nahm er sich vor.

In Gedanken ging er mit ihr bereits die Straßen entlang und fuhr mit ihr in der Drahtseilbahn zur Altstadt. Von der Terrasse des Dachcafés schauten sie auf die Dächer der Stadt und auf die Spitztürme der gotischen Kathedrale. Er setzte sich auf die Bank unterhalb eines riesigen Kastanienbaumes und erwachte.

Zu Hause konnte er weder etwas essen noch einschlafen. Immer wieder zog er aus Verzweiflung vor dem Spiegel eine Haarlocke in die Länge und ließ sie wieder los. Er probierte mehrere alte Hosen, Hemden und Pullis an. Alle waren verschlissen. Er blieb bei einer weißen Jeans, einem schwarzen Hemd und einem gelben Pulli, aus denen er schon längst herausgewachsen war.

Die Bewegungen der Jungen und Mädchen heute Abend auf der Treppe zur Eingangstür des Tanzsaals waren geschmeidig, voll des Lebens. Sorglos, strahlend und lachend, gezwungen, am Wettbewerb teilzunehmen, gezwungen, sich ineinander zu verlieben, das anziehende Gegenstück zu entdecken, die Anziehungskräfte zu genießen, um bessere Nachkommen zu produzieren. Die Anziehungskraft ist die Quelle der Liebe. Der Antagonismus ist die Quelle des Hasses. Gegensätzliche Richtungen soll man gar nicht anfangen, wenn man der Strafe entkommen möchte. So ist das Gesetz! Hass produziert ja Hass, er ist nicht Zweck seiner selbst.

Die Bücher sind voll von solchen Berichten.

Isids Freunde und Freundinnen haben es nicht mehr nötig, hierherzukommen. Sie waren schon gebunden. Isid fühlte sich einsam wie ein Außenseiter.

Auf der hell beleuchteten Bühne der Eingangstür gegenüber stimmten die Musiker ihre Instrumente. Durch die bunte Verglasung der großen Kuppel über der Mitte des Saals drangen die letzten Sonnenstrahlen der untergehenden Sonne. Ringsherum zwischen den tragenden Pfeilern der hölzernen Galerie standen oder saßen – unruhig – auf alten wackligen Stühlen die Jungen und Mädchen, laut wie am Wochenmarkt.

Schwere Schritte eines Ordnungshüters auf den groben Holzbrettern der nicht beleuchteten Galerie konnte man von unten hören und sehen – das Zeichen, dass man eine Schlägerei um der Mädchen willen gar nicht erst anfangen sollte. Isid stellte sich in den Schutz eines Holzpfeilers links neben der Eingangstür und sah tatsächlich das große, schlanke Mädchen mit den blauen Augen und dem langen, dunklen Haar auf der gegenüberliegenden Seite. Seine unbewusst künstlich erzeugten ausdauernden Blicke quittierte sie mit einem strahlenden Lächeln.

Vehement setzten die Trommeln ein und die Jungen stürzten auf dem kürzesten Weg über die noch leere Tanzfläche zu ihren Auserwählten.

Zurück auf der Tanzfläche zeigten sie schon ihr tänzerisches Können.

Isid war zu spät. Ein großer Junge war schneller. Sie sah Isid an und lächelte: „Ich kann nichts dafür. Du musst schneller laufen." Beim nächsten Mal verpasste der große Junge die ersten Musikklänge. Aber Isid wurde aufgehalten und wieder war sie in den Händen des großen Jungen. Sie schaute ihn böse an: „Bist du dumm! Kannst du nicht näher kommen?" Gedemütigt stieg er die hölzerne Treppe zur dunklen Galerie hinauf, stützte sich auf das wacklige Geländer und schaute auf das Tanzparkett. Bei der nun folgenden Damenwahl schaute das Mädchen umher und wählte niemanden. Außer dem Ordnungshüter unter dessen Schritten der hölzerne Boden der Galerie nachgab und quietschte, war kein Mensch auf der Galerie zu sehen. Umso mehr war er überrascht, als ihn ein Junge umarmte und ihn auf das Mädchen ansprach.

„Welches Mädchen?", fragte Isid verlegen und schaute in die leuchtenden, hellblauen Augen des anderen.

„Das große, das schlanke, mit dem langen, dunklen Haar." Mit dem Finger zeigte er auf das Mädchen.

„Wie kommst du darauf, dass sie mir gefällt?"

Der Junge umarmte ihn noch fester und schaute auf seine schwarz schimmernden Locken: „Ich habe dich beobachtet, wie du versucht hast, sie zum Tanz aufzufordern."

Isid richtete sich auf, lehnte sich mit dem Rücken an das Geländer, steckte seine Hände in die Jeanstaschen und schaute den Jungen überrascht an. Der Junge richtete sich auch auf und zeigte mit dem Kopf in die Richtung des Mädchens: „Guck mal, sie sucht dich!"

„Was hast du hier oben zu suchen? Amüsierst du dich über andere?" „Ganz genau! Ich bin doch nicht blöd und laufe mir für dumme Mädchen meine Füße kaputt!"

„Wo sonst möchtest du dann dein Mädchen kennenlernen?"

„Es wird sich schon von selbst ergeben. Ich glaube an das Schicksal!"

„Da bin ich anderer Meinung!"

„Glaubst du nicht an das Schicksal?"

„Nein! Die übersinnlichen Mächte haben schon lange, bevor wir überhaupt angefangen haben zu existieren, ihre Arbeit beendet. Und ich glaube nicht, dass die übersinnlichen Mächte Einfluss auf unsere Gegenwart haben. Unsere Gegenwart ist durch die gegebenen Gesetze bestimmt, innerhalb welcher wir leben müssen. Auf die Programme, mit denen wir geboren sind, haben wir kaum einen Einfluss. Anders ist es mit erworbenen Programmen. Über diese bestimmen wir selbst."

Der Junge lachte: „Sind angeborene Programme nicht doch unser Schicksal?" Dann trat er dicht an ihn heran: „Ist es nicht Schicksal, dass wir uns hier getroffen haben?"

„Nein! Das ist Zufall!"

„Geh, hol dir das Mädchen", sagte der Junge ärgerlich, lehnte sich auf das Geländer und schaute auf den Tanzsaal.

„Ich weiß nicht, ob ich das überhaupt will", erwiderte Izid unbehaglich und lehnte sich neben ihn.

Die betäubende Musik ließ sie verstummen.

Der große Junge stellte sich in die Nähe des Mädchens. Er tanzte jeden Tanz mit ihr. Auch ihre ablehnende Haltung schüchterte ihn nicht ein.

„Welches Mädchen gefällt dir?", brüllte Isid dem Jungen ins Ohr. „Komm! Zeig es mir!"

Der Junge schaute in seine schwarzen Augen, als ob er seine Pupillen entdecken wollte: „Alle sind schön! Mir gefällt aber keine."

„Eine bestimmt! Komm, zeig mir deinen Geschmack."

Missmutig zeigte der Junge auf eine Gruppe von Mädchen: „Jenes in der Mitte."

„Die Dicke?"

„Sie hat einen prallen Busen."

Izid richtete sich auf. Der Junge folgte ihm.

„Warst du mit ihr im Bett?"

„Nein!" Während des Tanzes spürte ich ihre Brüste. Sie ist sympathisch und nett."

„Warst du schon mit einem Mädchen im Bett?"

„Neee", gestand der Junge. „Du?"

„Ich auch nicht!"

„Du kannst doch haben, welche du willst!"

„Du kannst dich aber auch nicht beklagen!"

Als die Musiker eine Pause einlegten, gingen beide die Treppe hinunter und machten eine Runde durch den Saal. Der Junge wechselte einige Worte mit dem molligen Mädchen. Während Isid und sein Mädchen einander anlächelten, versuchte ihn der Junge zum Bleiben zu überreden, sie wäre tatsächlich schön und sie würde auf ihn warten.

„Nein! Ich habe keine Lust!"

Sie erreichten die Eingangstür und verließen den Tanzsaal.

Eine leichte Brise aus den im Norden gelegenen Bergen erfrischte sie.

Die Tulpen in ihren Beeten neben dem Operngebäude waren im Liebesrausch. Sie schützten ihre Reproduktionsorgane vor dem Auskühlen. Die Sitzbänke am Springbrunnen vor dem Operngebäude waren von küssenden Liebespaaren besetzt.

Unter der riesigen Platane vor dem Universitätsgebäude blieben sie stehen.

„Wie heißt du eigentlich?"

Der Junge lächelte: „Ich heiße Rocco. Und du?"

„Ich heiße Isidor. Meine Eltern nennen mich Isid." Sie gingen in Richtung des Zentralplatzes.

Die Stille auf den Straßen wurde hin und wieder von widerhallenden Schritten unterbrochen. Am Zentralplatz warteten einige Menschen auf ihre Straßenbahnen.

Am Hügel auf der Nordseite des Zentralplatzes, durch die Festungsmauer und Festungstürme geschützt, ragten die beleuchteten Türme des gotischen Domes zum Himmel empor.

Das Zeichen der Macht jener, die Gott dienen und das Volk mit der Androhung der Gottesstrafe zum Gehorsam zwingen.

„Ist unser Dom nicht majestätisch und gottesfürchtig" Unterbrach Rocco das Schweigen.

„Jaa, gottesfürchtig! Und die Priester sind fürchterlich erwiderte Isid. Sie drohen mit der Strafe Gottes. Mit ewigem Feuer. Millionen Unschuldige haben sie bei lebendigem Leibe verbrannt. Sie tun es heute noch in ihren Köpfen: *In ewigem Feuer werdet ihr schmoren, ihr Sünder!*"

„Was für ein Sadismus!"

„Es ist beschämend anzusehen, wie die Priester von hohen Türmen und in geschlossenen Räumen das einfache Volk falsch programmieren. Wie sie mit uralten Erzählungen aus uralten Zeiten, mit Gold und Silber verzierten Büchern ihre Hirne implementieren. Wie sie diese Bücher hoch über den Köpfen des Volkes präsentieren. Die Bücher, die für die Menschen geschrieben wurden, die vor Tausenden von Jahren gelebt hatten. Die Leute glauben an diese Erzählungen, weil sie sich mit den neuesten Kenntnissen nicht selbst programmiert haben oder keine Möglichkeit hatten, zu den neuesten Kenntnissen zu gelangen. Sie besitzen kein Wissen, das man diesen Erzählungen gegenüberstellen könnte, um den Unsinn der Erzählungen zu erkennen."

„Glaubst du nicht an Gott?"

„Doch! Aber nicht an solch einen primitiven, wie sie ihn darstellen. Ich glaube und halte mich nicht an die Glaubensgesetze, welche die Priester durch Jahrhunderte in ihrem eigenen Interesse entworfen haben. Als die heutigen Religionen entstanden sind, gab es wenig Wissen, mit dem man ihre Hirne hätte füttern können. Solange es primitive Menschen gibt, bleiben diese uralten Religionen bestehen. Einige lecken an den Bildern, die anderen an Statuen. Sie kriechen auf den Knien oder sitzen auf eigenen Fersen, verbeugen sich bis auf den schmutzigen Boden und präsentieren ihre stinkenden Hintern dem Himmel empor. Oder baden in dreckigem Wasser voller Spucke, Pisse und Kot. Und wenn du dich als Mensch der Gegenwart dagegen wehrst und die Kritik vom Standpunkt des heutigen Menschen auszuüben versuchst, wirst du von den Priestern öffentlich zum Gotteslästerer erklärt und durch von Priestern implementierte, primitive Menschen gesteinigt. Implementierte kann man gut erkennen: durch schwarze Hüte, lange Haare, schwarze Locken und lange Bärte; durch schwarze Kutten, lange Kleider und Kopftücher; durch Turbane auf dem Kopf und rote, weiße oder bunte Käppchen.

Diesen kann man nicht helfen. Diese Menschen sind entweder implementiert oder besitzen, selbst verschuldet oder nicht selbst verschuldet, nur primitives, uraltes Wissen in ihren Hirnen. Über ihre angeborenen Programme hinaus besitzen sie kaum eigene Programme. Sie sind den Tieren viel näher als dem gegenwärtigen Menschen. Sie leben nicht in der Gegenwart, sondern in der Vergangenheit.

Die Jugend! Junge Hirne soll man mit breitem und gegenwärtigem Wissen füttern, sodass sie die Implementatoren erkennen können und sich von diesen nicht implementieren lassen müssen. Die implementierten Implementatoren und primitive oder nicht primitive Implementierte muss man dulden, keinesfalls berühren. Sie sind gefährlicher als wilde Tiere. Wehe, wenn sie in den Besitz der modernen Technik kommen."

„Gehst du nicht mehr in die Kirche?" Wurde Rocco neugirig.

„Doch! Nur, ich glaube nicht, was se erzählen. Mein Glaube ist frei denkend, individuell, auf der Wissenschaft basierend, ritualfrei und traditionsfrei, allen Menschen in der Gegenwart gemeinsam.

Was für ein Unheil, alte Religionen alte Kulturen und Traditionen, über Tausende von Jahren, vrursacht haben. Mord und Totschlag zwischen den unterschiedlichen Religionen, Kulturen und Traditionen sind noch heute an der Tagesordnung."

Auf der Treppe, die auf der Ostseite des Doms auf den Hügel führte, zeigte Izid auf die Domtürme: „Glaubst du alles, was sie da erzählen?"

Rocco überrascht diese Frage: „Um Gottes willen, nein!"

„Sie haben sich hinter diesen dicken Mauern verbarrikadiert. Sie wissen nicht, was draußen vorgeht. In ihren Köpfen existiert noch immer das Altertum."

Die Akazienbäume neben der Treppe waren noch im Winterschlaf.

Die Blüten anderer Sträucher dufteten.

Rocco setzte sich auf eine Treppenstufe und fragte, wo Isid wohne.

„Nicht weit von der Oper. Und du?"

„Am Ostberg!"

Am Plateau des Hügels in einem dunklen Park mit einem Blumenrondell in der Mitte und Sitzbänken unter den Bäumen, zwischen den Krankenhausgebäuden im Westen und der medizinischen Fakultät auf der Nordseite, ließ sich Rocco nieder und zeigte auf den Platz neben sich. Isid setzte sich auf das Mauerwerk des Blumenrondells auf sein ausgebreitetes Taschentuch Rocco gegenüber, sah seine verschlissenen engen Jeans und die Jeansjacke an und fragte, wo er arbeite.

„Ich arbeite nicht. Ich studiere noch."

„Schau da hinten, das ist die medizinische Fakultät, an der ich studiere."

Isid schüttelte sein Taschentuch von Staub aus, steckte es in die Jeanstasche und setzte sich neben ihn: „Ich studiere Wirtschaft., sagte er leise und betrachtete die Silhouette von Roccos hübschem Gesicht. „Weißt du", begann Rocco, „in Bezug auf die alten, ignoranten, führenden Köpfe bin ich der gleichen Meinung wie du. Sie bilden sich ein, sie würden eine besondere Rolle auf dieser Welt spielen. Alles dreht sich um die Menschen wie damals die Sonne um die Erde. Sie bilden sich ein, sie würden eine Seele besitzen und nach dem Tode weiterleben. Diese Möglichkeiten sehen sie bei anderen Lebewesen nicht. Die Menschen beten für ein besseres Leben in der Gegenwart, sie bitten um Vergebung, um ins Paradies zu gelangen, wo man nicht arbeiten brauche und kein Leid erdulden müsse. Sie sollen einmal schauen, wie wir gebaut sind. Ebenso, dass wir gut arbeiten können. Und wenn wir verbraucht sind, sterben wir wie jedes andere Gerät. Das ist auch durch das Gebet nicht zu ändern. Sonst wären wir anders konstruiert. Ich glaube an die Gesetze der Kräfte, die Menschen ‚Gott' nennen. Alle jene Kräfte, die wir während unserer Ausbildung kennengelernt haben, und auch die, die wir nicht kennengelernt haben."

Er streckte sich, verschränkte die Hände hinter seinem Hinterkopf und atmete tief die Frühlingsluft ein: „Da drin im Krankenhausgebäude sind die Reparationswerkstätten für die Menschen! Es riecht nach Desinfektionsmittel und Medikamenten."

„Junge Lebewesen ziehen natürliche Kräfte an, die uns noch nicht erklärbar sind, um sich reproduzieren zu können. Sie haben unbeschreibliche Gefühle, wenn sie sich lieben murmelte Isid träumerisch." „Bist du verliebt?"Fragte Rocco.

„Ich liebe, aber ich weiß nicht, was!"

„Ein liebes und schönes Mädchen fehlt uns", seufzte Izid und breitete seine Arme auf der Sitzbanklehne aus.

„Die Liebe ist angenehm, wenn sie erwidert wird, und unangenehm, wenn sie abgelehnt wird", stöhnte Rocco mit Blick auf die zerstreuten Sterne am Himmel.

„Die Reproduktion ist nicht der Sinn des Lebens. Der Mensch ist da, um bestimmte Arbeiten zu erledigen."

„Welche Arbeiten?" Wurde Rocco neugierig.

„Alle diejenigen, welche wir tun. Nicht nur für uns."

„Für wen?"

Isid fasste eine Locke, zog sie in die Länge und ließ sie wieder los: „Ich weiß es nicht!"

Rocco stützte die Ellenbogen auf die Knie und den Kopf auf die Hände und schwieg.

„Meine Eltern sind ins Wochenendhaus in die Berge gefahren", murmelte Isid.

„Wolltest du nicht mitfahren?"

„Das Wochenendhaus geht mir auf den Geist. Zuerst schleppt man nach oben, was man braucht – und was man nicht braucht. Dann muss man das Wochenendhaus bewohnbar machen und das ganze Wochenende im Garten arbeiten."

„Wir wohnen im eigenen Haus. Meine Schwester ist verheiratet und wohnt mit ihrer Familie jenseits des Flusses. Die ganze Arbeit zu Hause lastet auf mir: Keller, Dachboden, Gartenarbeiten." Klagte Rocco.

„Dass ich heute Abend ausgehe und ein Mädchen kennenlernen möchte, damit war meine Mutter einverstanden. Aber wieder hatte ich keinen Erfolg! Beschwerde sich Isid. Ich bemühe mich schon zwei Jahre. Ich verstehe das nicht. So richtig gefiel mir bis heute keine."

„Ich habe dich von der Galerie aus beobachtet. Du könntest haben, welche du wolltest."

„Du hast mich beobachtet?"

„Ich wollte sehen, welche gewinnt!"

„Jetzt habe ich dich gewonnen."

„Hast du etwas gegen mich? Bist du sauer, dass ich dich aus dem Tanzsaal entführt habe?"

„Du hast mich nicht *entführt*. Ich wollte sowiesogehen." Es war kühl geworden.

Die Krankenhauszimmer verdunkelten sich.

Am Zentralplatz der Unterstadt warteten die Menschen auf die letzten Straßenbahnen.

Izid faszinierte Roccos gesamtes Wesen. Nicht nur äußerlich gefiel er ihm: seine hellblonden, welligen Haare, seine hellblauen Augen und seine schneeweißen Zähne, seine Lebhaftigkeit und seine immer gute Laune. Auch seine Weltanschauung, soweit man diese in so einer kurzen Zeit beurteilen konnte. Ihn faszinierte und zog etwas an, das nicht erklärbar war. Er wollte ihn unbedingt wiedersehen. Zu fragen traute er sich aber nicht.

Die Anziehungskraft, die Rocco auf ihn hatte, war aber so groß, dass er ihn doch fragen musste, was er morgen vorhabe.

„Ich sterbe vor Langeweile. Wenn du möchtest, könnten wir uns morgen treffen!"

Ohne seine Begeisterung unterdrücken zu können, zeigte Isid auf die hell erleuchtete Uhr an einer Säule: „Da, um 14:00 Uhr."

Sie fuhren in entgegengesetzten Richtungen davon.

Am späten Vormittag wurde Isid vom Vogelgezwitscher geweckt.

Rocco schlief unruhig. Izids kohlschwarze Knopfaugen verfolgten ihn.

Schon früh am Morgen lag er auf seiner Liege im Schatten des Sonnenschirms. Bei dem Versuch, ein Buch zu lesen, konnte er sich nicht konzentrieren.

Er bat seine Mutter, das Mittagessen vorzuziehen, er sei um 14:00 Uhr mit einem Freund verabredet.

„Mit einem Freund?"

Er zog seine weiße Jeans und das bordeauxrote Hemd an. Den schwarzen Pulli band er um die Hüften.

Vor dem Spiegel betrachtete er kritisch seine frisch rasierte und gepflegte Gesichtshaut.

Nicht dass sie von einem Pickel verunstaltet wurde!

Sein Vater schüttelte den Kopf.

Isid war stolz, nächsten Tag um 14:00 Uhr auf dem Zentralplatz so einen hübschen Jungen auf sich zukommen zu sehen.

In verschlissenen Jeans und enger Jeansjacke, die er in der letzten Nacht getragen hatte, hatte er ihn ganz anders in Erinnerung.

Sein hübsches Gesicht und seine schneeweißen Zähne erinnerten ihn irgendwie an eine Reklame für eine Zahnpasta.

Die kahlen Äste der riesigen Platanen im Zentralpark ließen ungehindert die Sonnenstrahlen auf die Millionen winzigen Energiezentralen in den Blättern der Tulpen, der Krokusse und der Hyazinthen auf der grünen Rasenoberfläche fallen.

Sie waren eben im Liebesrausch, um neues Leben zu produzieren.

An den aufgestellten Tischen vor einem Café saßen sorglose Jungen und Mädchen stundenlang bei einer Tasse Kaffee.

Izid und Rocco schlugen sich zwischen den Tischchen und Kaffeemaschinen auf der linken Seite des Vorraumes bis nach hinten in den menschenleeren Wintergarten durch, wo das Plätschern eines kleinen Springbrunnens unter einem echten, in den Raum integrierten Baum die herrschende Stille noch mehr betonte.

Unter den Kletterpflanzen, versteckt in der hintersten Ecke des Raumes, nahmen sie Platz und bestellten jeder einen Cappuccino. Übermütig lagen sie mehr in ihren Stühlen als dass sie darin saßen, streckten ihre Beine aus, rauchten, husteten, lachten und tranken ihren Cappuccino.

Aber als an der Tür ein junges Mädchen in der Begleitung eines jungen Mannes erschien, machten sie die Zigaretten aus, bezahlten und, ohne einander zu fragen, verließen sie das Café.

Am Zentralplatz stiegen sie in die Straßenbahn, die zum Baggersee auf der anderen Seite des Flusses fuhr.

Rocco erzählte, dass er, seitdem man im Baggersee seit Jahren nicht mehr baden dürfe, dort auch nicht mehr gewesen sei.

Isid ging manchmal mit seinem Vater zum Angeln dorthin. Das Gesträuch und die Bäume hatten die ehemaligen Rasenflächen überwuchert.

Der See und seine Umgebung waren in der Zwischenzeit von toten Autos, toten Fernsehern und toten Waschmaschinen befreit worden.

Das tote Gerümpel befand sich jetzt auf einem Friedhof, wo die Idee des Todes ihre Aufgabe von der Idee des Lebens übernommen hatte.

Das Wasser war jetzt sauber, trotzdem badete niemand mehr dort. Roccos Eltern waren ihm böse, weil er sie nicht zu den Verwandten aufs Land kutschieren wollte.

Isid hatte keinen Führerschein.

Die Straßenbahn rüttelte über die Flussbrücke.

Das Schmelzwasser von den hohen Bergen im Westen war über das Ufer getreten und hatte den Deich erreicht.

Sie gingen durch einen breiten Park zwischen den Hochhäusern und überquerten eine breite Straße hinter der Siedlung. Ein schmaler, staubiger Weg führte sie direkt bis zu brüchigen Betonweg, der um den Baggersee verlief. Gesträuch, die Weiden, Erlen, Pappeln und der blaue Himmel spiegelten sich im Seewasser. Einige Angler saßen neben ihren Angelstöcken und schauten geduldig auf die Schwimmer. Ein buckliger Greis, gestützt auf seine Gehstöcke, machte seine Runde. Rocco lief vor Izid her und versuchte, im Sprung die Eichenäste über sich zu fassen.

Isid ging immer im gleichen Tempo.

Zwischen zwei hohen Pappeln auf einer Lichtung rechts des Betonweges, auf einem auf vier in die Erde eingeschlagenen Holzpfeilern befestigten Brett, waren zwei Dunstgläser mit Blumen und dazwischen Lampions aufgestellt.

Schon jahrelang leuchteten die Lampions. Die Blumen waren immer frisch. Zum Andenken an einen ertrunkenen Jungen, dessen Eltern, deren einziger Sohn er war, schon alt geworden waren.

Sie hatten die Idee materialisieren lassen. Vor dem Leben war er nichts gewesen. Jetzt ist er wieder nichts.

Er kam und ging dorthin, wo die Vergangenheit, die Gegenwart und die Zukunft miteinander vereint sind. Er hatte das Glück, nicht noch mehr Daseinsmisere während seines Lebens erleben zu müssen.

Als sie vom Deich aus auf die gelbe Brühe des Hochwassers schauten, verkündete Isid, dass er nicht mehr mit seinen Eltern zum Meer fahren möchte. „Ich werde die Sommerferien hier am Fluss verbringen."

Roccos Angebot, seine Ferien mit ihm zu verbringen, hielt Izid für einen Scherz.

Die Fischschwärme an einer seichten Stelle verschwanden in der Tiefe, wenn sie sich dem Wasser näherten.

Isid wurde ärgerlich, als Rocco aus dem Gebüsch mit Primeln, Krokussen und Veilchensträußchen in der Hand erschien: „Überleg doch mal, wie es wäre, wenn *uns* jemand in der Blüte unseres Lebens vernichten würde!"

„Ich habe sie nicht vernichtet!"

„Ihre Reproduktionsorgane hast du ausgerupft!"

„Ich wollte sie meiner Mutter schenken!"

„Ich schenke meiner Mutter einen dicken Kuss. Sie ist überglücklich darüber." Rocco warf die Blumen auf den Boden: „Eine Idee ist nichts Materielles. Sie ist nicht vernichtbar. Dank der Idee werden immer neue Pflanze sprießen, neue Menschen geboren und sterben. Wir waren nichts und wir werden nichts sein!"

Auf dem Weg nach Hause beschlossen sie, dass sie sich erst dann wieder treffen würden, wenn sie ihre Prüfungen bestanden hätten.

Der Regen prasselte auf die Stadt. Das Regenwasser stürzte in die Kanäle. Die Pfützen auf dem Bürgersteig wurden zu kleinen Seen.

Die im Regenwasser aufgelösten Nährstoffe konnten die Pflanzen jetzt gut aufnehmen und zu ihren Energiezentralen transportieren. Sie entwickelten sich recht prächtig, um einen größeren Tribut zahlen zu können. Rocco und Isid vergruben sich in ihre Bücher und programmierten ihre Hirne, um später produktiver arbeiten zu können, mehr Profite zu produzieren und mehr Ideen zu materialisieren.

Zwei Wochen später war es so weit. Immer wieder fragte Isid seine Mutter, ob Rocco angerufen hätte.

„Niemand hat angerufen", ließ ihn seine Mutter wissen und ging ihrer Beschäftigung in der Küche nach.

„Weißt du, Rocco hat heute eine wichtige Prüfung."

„Und du?", fragte die kleine, mollige Frau.

„Das weißt du doch! Am Mittwoch!"

„Ich habe andere Sorgen, als mich um deine Prüfungen zu kümmern!"Erst abends rief Rocco an. Er war spät am Nachmittag an der Reihe gewesen.

Die Prüfung hatte er problemlos bestanden." Ich lerne emsig, weil ich Angst habe, den Patienten in meinem späteren Beruf durch mein Verschulden Schaden zuzufügen".

„Und du? Hast du Angst?"

„Ich habe keine Angst! Ich lerne aus Interesse."

„Wenn ich es aber nicht schaffe, mache ich etwas anderes. Für irgendetwas werde ich schon geschaffen sein, um meinen Tribut zahlen zu können."

Als am Mittwochmittag die Eingangstür gegen die Wand knallte, stürzte Isid in den Flur: „Ich hab's! Ich hab's! Ich habe es!", schrie er. Die Mutter schimpfte aus der Küche, er solle nicht so schreien und die Tür zumachen.

Der Vater ließ seine Zeitung sinken und schaute ihn über die Brille hinweg an: „Was hast du?"

„Die Prüfung! Habt ihr die vergessen?"

„Deswegen brauchst du uns nicht so zu erschrecken", schimpfte die Mutter und spülte weiter das Geschirr im Spülbecken.

„Schön", lobte ihn sein Vater und beugte sich wieder über seine Zeitung. Isid lief zum Telefon. Es meldete sich Roccos Mutter: „Soll ich ihm etwas ausrichten?"

„Ich habe meine Prüfung bestanden!"

Roccos Mutter gratulierte ihm. Rocco würde oft von ihm erzählen, sagte sie. Sie lud ihn am Sonntag zum Mittagessen ein, sie möchte ihn gern kennenlernen. Isid war überrascht und hielt kurz inne, bevor er sich entschloss zuzusagen.

Es war schon dunkel, als ihn sein Bruder aus dem Tiefschlaf weckte. Rocco freute sich am Telefon. „Etwas anderes als die Bestnote hätte ich von dir sowieso nicht erwartet."

Er freute sich, ihn am Sonntag bei seinen Eltern begrüßen zu dürfen.

Links und rechts der unzähligen Treppenstufen zur Spitze des steilen Ostberges schienen die schönen Häuser in der Luft zu schweben. Aus Roccos Erzählung wusste Isid, dass Roccos Vater Architekt ist und dass seine Mutter ihren Beruf als Lehrerin aufgegeben hatte, um sich ihren Kindern und dem Haushalt widmen zu können, und dass seine Eltern konservativ sind.

Vor dem schmiedeeisernen Tor in der Mitte der steilen Bergtreppe winkte Rocco.

Isid war mulmig zumute. In so einem schönen Haus war er noch nie gewesen.

– Fals wird mir peinlich, ich haue einfach ab!", dachte er.

Zwischen blühenden Jasmin- und Rosensträuchern auf beiden Seiten der breiten Treppe zum Haus gelangten sie auf eine große, kreisförmige, mit hellem Marmor gepflasterte Terrasse. Rings um die weiße Säulenbrüstung blühten die Sträucher und Obstbäume. Die Eingangstür zum Haus war weit offen. Während Rocco ihn vom Foyer des Hauses aus laut ankündigte, kam ihm mit um die Hüfte gebundener Schürze Roccos Mutter aus der Küche entgegen. Iid atmete erleichtert aus, als sie ihm ihre Hand entgegenstreckte und ihn herzlich willkommen hieß. Als sie aber erwähnte, dass Rocco nur gut über ihn und seine Erfolge spreche, war er peinlich berührt.

Der Vater blieb kurz an der Wohnzimmertür stehen: „Ah, Sie sind der Junge vom Telefon. Wir wissen so ziemlich alles von Ihnen. Rocco hat es uns erzählt."

Noch im Morgenmantel, eilte er in kurzen Schritten auf ihn zu, mit beiden Händen drückte er seine Hand und hieß ihn ebenfalls willkommen. Seinen schweren Arm legte er ihm um die Schulter, führte ihn zur weißen Brüstung auf der Südseite der Terrasse und streckte seine Hand in Richtung der Stadt aus: „Ist sie nicht schön, unsere Stadt? Was für eine Ruhe hier oben! Und wie die blühenden Obstbäume und Sträucher duften! Der Frühling ist die schönste Jahreszeit!"

Seine Zähne waren graugelb vom Zigarrenrauchen. Sein Morgenmantel roch nach dem Dunst unzähliger Zigarren.

Er ließ Izids Schulter los, trat einige Schritte zurück und schaute ihn an: „Was rede ich da? Sie sind selbst der Frühling!"

Zwischen dem Getränketisch und der Tür zum Flur saß Rocco. Er war sauer auf seinen Vater. Er rief die Mutter zum Begrüßungschampagner, als die zwei wieder zurück waren. Isid machte ein saures Gesicht, als ob er einen Schluck Essig getrunken hätte. Schon wieder umarmte ihn der Vater und führte ihn durch das Haus.

„Haben Sie das Haus selbst entworfen"

„Selbst entworfen und selbst gebaut! Ich weiß, dass das Haus Ihnen gefallen wird! Für meinen Sohn ist der Wohlstand selbstverständlich", sagte er und blickte zu Rocco hinüber, als sie von Besichtigung zurück waren.

„Du bist der Beste, der Größte, der Klügste", spottete Rocco verärgert.

„Nun, wir sind noch dabei, uns beruflich zu profilieren ", versuchte Isid zu schlichten.

„Außerdem sind Roccos Leistungen ausgezeichnet!"

Der stolze Vater schaute auf seinen Sohn und lachte, als ob er zu dessen guten Leistungen beigetragen hätte: „Alle Ehre!"

Im Schatten der hellblauen Markise hob der Vater wieder sein Champagnerglas hoch.

„Ich bin eigentlich noch Milchtrinker", versuchte sich Isid herauszureden. „Waaas? Als *wir* studierten, feierten wir unsere bestandenen Prüfungen immer in derselben Kneipe. Wissen Sie, in jener Kneipe hinter dem Bischofspark. Wie wir nach Hause gekommen sind, wussten wir nie. So muss es sein! Und keiner von uns ist deswegen ein Alkoholiker geworden."

Rocco half der Mutter und rollte den Serviertisch mit den Vorspeisen zum Esstisch. Nach Suppe und Rindfleisch mit Kartoffeln knusperte braune Schwarte des Spanferkels zwischen Vaters und Roccos Zähnen.

„Bitte schön! Greifen Sie zu! Schmeckt es Ihnen nicht? – Wo wohnen Sie eigentlich?"

„In der Stadtmitte, nicht weit von der Oper."

„In einem eigenen Haus?"

„Nein, zur Miete in einer kleinen Wohnung."

„Was macht Ihr Vater?"

„Mein Vater ist Schlosser. Meine Mutter ist Hausfrau. Mein Bruder arbeitet auch als Schlosser."

„Ich stamme auch aus einer solchen Familie." Mit dem Zeigefinger zeigte er auf seinen Kopf: „Was man drinnen hat, ist entscheidend. Meine Frau stammt aus der oberen Schicht der Gesellschaft."

„Hast du eine Freundin?", duzte ihn die Mutter.

„Die Richtige ist noch nicht erschienen!"

„Zuerst das Studium, dann das Militär, dann die Heirat und dann die Kinder", schwadronierte der Vater mit seiner tiefen, rauen Stimme. „Die Mädchen sind die schönsten Geschöpfe auf dieser Welt! Aber alles der Reihe nach."

„So schönen Männern liegen die Mädchen zu Füßen", war die Mutter überzeugt.

„Genießen Sie das Leben", brüllte der Vater, „solange Sie noch jung sind und auf dem Buckel Ihrer Eltern leben. Später wird alles anders."

Rocco verdrehte seine Augen. Isid schmunzelte.

„Im Tanzsaal habt ihr euch kennengelernt?! Da gibt es bestimmt viele schöne Mädchen. Hast du eine im Blick?"

„Eine schöne, mit langem, schwarzem Haar und mittelmeerblauen Augen, groß und schlank", lachte Rocco und zeigte auf Isid.

Isid imitierte große Busen und blies seine Babybacken auf. Der Vater lachte zufrieden und hüstelte.

Isid erzählte von seiner Familie und vom Wochenendhaus in den Bergen.

„Mein Vater hätte am liebsten, dass ich arbeite und das Geld verdiene", schloss er seine Erzählung ab.

„Um Gottes willen", schimpfte der Vater. „Kluge Köpfe braucht das Land. Du wirst es deinen Eltern zehnfach zurückzahlen. Ich habe meine Eltern auch nicht vergessen!"

Er zündete eine dicke Zigarre an, trank extrastarken Kaffee dazu und hustete.

„Der Birnbaum da hinten ist alt und morsch, aber er blüht noch immer. Trägt er auch Früchte?", fragte Isid, um das Thema zu wechseln.

„Ja, er trägt noch Früchte", sagte die Mutter.

„Gott sei Dank, dass alte Menschen keine Früchte tragen", lachte der Vater. „Das wäre eine Katastrophe. Viel zu viele sind auf dieser Welt. Sie benutzen den Verstand nicht, den der Herrgott ihnen gegeben hat!"

„Wenn man im Kopf kein Wissen besitzt, kann man auch keinen Verstand haben", korrigierte ihn Rocco.

„Dann hat man nichts entgegenzusetzen d. h., man kann nicht denken. Mit seinen Grundprogrammen lebt man wie ein Tier."betonnte Isid.

„Bildung! Bildung, meine Herren", schaltete sich die Mutter ein. „Das Wichtigste, um auf dieser Welt vorwärtszukommen, ist Bildung. Erst dann kann man sich über den Verstand unterhalten!"

Isid stand auf, streckte seine Beine und stützte sich auf die Stuhllehne. „Nur darf es kein einseitiges Wissen sein. Kein veraltetes oder irreführendes Wissen. Mit umfangreichem und von der Wissenschaft belegtem Wissen soll man die Köpfe der Menschen füttern. Einseitiges oder irreführendes Wissen oder von der Wissenschaft nicht belegtes Wissen hat immer wieder zu Katastrophen geführt. Bis einige Völker aus dem Sumpf der Unwissenheit heraus sind, ersticken andere noch immer darin. Von irreführenden Führern geführt, vermehren sie sich wie Sand am Meer! Die Vögel säen nicht und ernten nicht. Die Menschen im Sumpf der Unwissenheit glauben an Unsinn. Die Armee der Armen wird immer größer, der Sumpf der Unwissenheit immer breiter. Sie werden fanatisch und gefährlich. Der Hungertod ist an der Tagesordnung!"

„Wenn ein Ehepaar nur die Möglichkeit hat, zwei Kinder großzuziehen, dann müssen acht von zehn verhungern. Das ist ein Natiurgesetz. Trotzdem vermehren sie sich zu Tode."

„Das Produkt des Triumvirats aus Religion", schaltete sich Rocco ein, „an die Religion gefesselter Kultur und Tradition ist Nationalismus. Viele Völker haben sich durch Bildung von dieser Seuche befreit. Sie befinden sich jetzt in der Gegenwart. Aber die Menschen im Sumpf des Unwissens sind von dem, was sie in ihren Köpfen besitzen, überzeugt, nämlich von der Unfehlbarkeit des irreführenden Wissens, welches sie durch die Implementation ihrer implementierten Implementatoren erworben haben. Sie sind unfähig, wie nicht implementierte Ungebildete, so auch die nicht implementierten Gebildeten zu begreifen. Der Fortschritt ist in ihren Augen gottlos und dekadent. Der Kampf gegen den Fortschritt ist somit vorprogrammiert. Andererseits sollen die nicht implementierten Gebildeten die Situation der Implementierten verstehen. Der offene Kampf gegen solche Völker kommt Mord und Totschlag gleich.

Wollen wir den offenen oder nicht offenen Kampf vermeiden, soll man helfen, die Bildung der Kinder auf unser Niveau zu heben, sodass sie ihren Weg zur gegenwärtigen Weltkultur und zur gegenwärtigen frei denkenden, individuellen Erkenntnissen der Wissenschaft basierten, ritualfreien, traditionsfreien, nationalistenfreien, allen Menschen gemeinsamen Religion finden?"

„Könnte sein, dass Sie recht haben", räumte der Vater hüstelnd ein. „Zumindest sollte man versuchen, neue Wege zu finden. So wie es jetzt läuft, ist es unmöglich."

„Den Anschauungen der neuen Generationen sollte Aufmerksamkeit geschenkt werden. Jede neue Generation befindet sich einen Schritt weiter als die vorherige Generation. Deshalb soll man sie fördern, nicht bremsen", war die Überzeugung der Mutter.

Erst als die Stadt im Lichtermeer versank, beendeten sie ihren Gedankenaustausch.

Als Izid sich auf den Nachhauseweg begab, schaute Rocco, auf der Treppe stehend, Isid hinterher, bis dieser hinter der grünen Hecke auf der Straße verschwunden war.

Als sie die letzten Prüfungen erfolgreich bestanden hatten, stand ihrer Sommerfreiheit nichts mehr im Wege.

Im Zentralpark gab es keine Tulpen, keine Hyazinthen und keine Krokusse mehr, stattdessen aber andere bunte Blumen.

Ob sie während der Entstehung ihrer Embryonen einfach „weggeschmissen" worden waren?

So etwas mit menschlichen Embryonen zu tun, wäre die größte Sünde auf dieser Welt – wie auch jenseits dieser.

Dies ist der unüberwindliche Unterschied zwischen menschlichen Embryonen und Embryonen anderer Arten.

So denken viele Menschen!

Ich war vor der Geburt nichts und ich werde nach dem Tot nichts sein.

Wie fantastisch das Dasein ist!

Ich wäre meiner Mutter dankbar, wenn sie mich abgetrieben und von der Daseinsmisere befreit hätte.

Auf den Sitzbänken im Schatten der riesigen Platanen saßen und warteten diejenigen darauf, endlich dahin zu gehen, von wo sie kamen. Von den Nichts auferstanden, gehen wir zu den Nichts zurück. Oder soll man nicht lieber das Wort Nichts gegen das Wort Ewig austauschen? Egal in welcher Form sich unser Dasein befindet, es befindet sich in der Ewigkeit. Eben da, wo wir sind.

Sie gingen in ein Hotel, nicht weit von dem Café, wo sie das letzte Mal gewesen waren, um ihre Prüfungen doch ein wenig zu würdigen. Rocco bestellte eine Flasche Champagner und zwei Krabbencocktails.

Isid tat es Rocco gleich. Er hatte noch nie Krabben gegessen. Auch in einem Hotel war er noch nie gewesen. Es war ihm unangenehm, als die Cocktailgläser leer waren, der Ober sofort zur Stelle war und fragte, ob die Gläser weggeräumt werden dürften, und Rocco dies herablassend genehmigte.

Als der Champagner Isid langsam zu Kopf stieg und er sich wohlerfühlte, rückte er näher zu Rocco. „Weißt du", fing er an, „seit der letzten Prüfung geht mir etwas nicht aus dem Kopf. Es handelt sich um den Kreislauf des Kapitals. Das war nämlich das Thema meiner letzten Prüfung. Beim Kreislauf des Kapitals kommt immer neben dem vorgeschossenen Kapital auch der Profit heraus – unbezahlte Arbeit der Arbeiter Das ist der Sinn des Kapitalkreises. Und nicht nur der Sinn, sondern sogar sein Gesetz. Das Naturgesetz, das man nicht ändern kann. Ohne Profit gibt es keinen Fortschritt. Wenn ein Betrieb keine Profite erzeugt oder den Profit nicht für die Modernisierung, die Erneuerung oder die Erweiterung des Betriebes verwendet, ist er zum Untergang verurteilt. Nur solche Gemeinschaften, die Profite erzielen – je mehr, desto besser –, kommen vorwärts. Alle anderen bleiben auf der Strecke. Der Kapitalkreis wird von Menschen in Gang gesetzt und durch die Profite immer wieder erweitert, um noch mehr Profite zu produzieren. Die Profite sind notwendig, um menschliche oder vielleicht ewige Ideen zu erkennen und sie zu materialisieren. Die Ideen sind nichts Materielles. Es ist ja Naturgesetz, dass ein Mensch arbeiten muss und die Idee materialisieren muss. Denn wenn er nicht arbeitet, ist er zum Untergang verurteilt. Er muss immer mehr arbeiten, als er braucht, weil er auch an andere Gesetze gebunden ist, z. B. das Reproduktionsgesetz. Die Menschen haben schon immer vom Paradies geträumt – nicht arbeiten zu müssen. Sie haben versucht, so viel zu arbeiten, wie sie eben für das Leben brauchen – keine Profite zu erwirtschaften. Nicht nur, dass sie scheiterten, sie wurden gar dafür bestraft.

Soll man allerdings nie vergessen: „Profit ist unbezahlte Arbeit der Arbeitenden"!

Die Menschen sind gezwungen, geboren zu sein.
Die Menschen sind gezwungen, zu leben.
Die Menschen sind gezwungen, zu arbeiten.
Die Menschen sind gezwungen, Profite zu erzielen.
Die Menschen sind gezwungen, Ideen zu entdecken.
Die Menschen sind gezwungen, Ideen zu verwirklichen, zu materialisieren oder zu konservieren.
Die Menschen sind gezwungen, sich zu lieben, sich zu hassen und sich zu reproduzieren oder nicht zu reproduzieren.
Die Menschen sind gezwungen, zu sterben, dahin zu gehen, woher sie gekommen sind – sich in ihre Bestandteile aufzulösen.
Der Mensch ist nicht Zweck seiner selbst.
Nur die Menschen erstreben Profite.

Sie bezahlen ihre Tribute mit dem Kopf. Andere Lebewesen mit sich selbst.

Ich frage mich, warum und für wen.

Er hob sein Champagnerglas auf Augenhöhe: „Rocco!"

„Zum Wohl, Is id!"

Dann neigte er seinen Kopf und führte sein Gesicht ganz nah an das von Rocco heran: „Ich frage mich: Wer sind wir Menschen? Sind wir Roboter, die sich selbst versorgen und reproduzieren müssen und für jemanden arbeiten müssen?"

Mit dem Handrücken strich Isid über seine feuchte Stirn: „Ich glaube, ich bin besoffen!"

Dann schaute er auf die Rechnung und schmunzelte.

Jetzt waren sie sich sicher, dass sie diese Sommerferien nicht mit ihren Eltern am Meer verbringen wollten.

Am Fluss zwischen den Weiden, Pappeln, Erlen und Büschen wollten sie den ganzen Sommer verbringen. Nach dem „Warum" fragten sie nicht. Sie mussten es tun – einfach so.

Der Frühling wird im Süden über Nacht zum Sommer. Man ist gezwungen, Abkühlung im Schatten, im Wasser und in schattigen Wäldern zu suchen. Man versucht, wie vor Tausenden von Jahren in der Natur zu leben. Man versucht, das Paradies zu erschaffen, was das Gesetz der Arbeit aber verbietet. Gott sei Dank, dass der Sommer, wie weiter im Süden, nicht das ganze Jahr andauert. Dann wären wir genauso rückständig wie sie.

Die große Wohnung und die Terrasse wurden Rocco zu eng. Er ließ sich auf seiner Liege im Schatten des Sonnenschirms nieder, sprang aber gleich wieder hoch, streckte sich, holte tief Luft, stützte sich auf die Geländer Brüstung und schaute auf die in den Sonnenstrahlen badende Stadt. „Ich muss hier raus", sagte er erschöpft, als er seine Mutter neben sich bemerkte. „Irgendwohin! Ich halte es nicht aus!"

Der Vater, der im Schatten der Markise saß, ließ seine Zeitung sinken, zog tief den Zigarrenqualm in die Lunge und schaute ihn über seine Brille hinweg an: „Du fährst uns heute Nachmittag zu deiner Schwester", krächzte er hustend, „sie und ihr Mann haben uns zu Kaffee und Kuchen eingeladen."

Rocco entschuldigte sich eilte zum Telefon und rief Isid an. „Wir haben uns für 14:00 Uhr verabredet!" „Ich möchte jetzt gleichkommen!" Isid wunderte sich: „Meine Eltern, mein Bruder mit Freundin und ich, wir sind eben beim Frühstück.
„Selbstverständlich kannst du sofort kommen."

In seiner verschlissenen Bluejeans, dem weißen T-Shirt und den Turnschuhen, wie am ersten Abend, stellte Isid Rocco in der Küche seinen Eltern, dem Bruder und dessen Freundin vor, führte ihn in sein Zimmer und ging gleich in die Küche zum Frühstück.

Rocco wunderte sich über so viel Staub im Isids Zimmer – überall: auf der über dem alten Antiktisch tief hängenden, grünen Tellerlampe, auf den Koffern auf dem alten Kleiderschrank, auf den Bücherregalen, wo nur einige alte Bücher ihren Ruhestand genossen, sowie auf Isids alter, abgenutzter Liege, deren Federn sich in seinen Hintern einzubohren versuchten.

„Wohin wollen wir?", fragte Isid, als seine Eltern, sein Bruder und dessen Freundin weg waren.

„Irgendwohin in die Natur! Raus aus der Stadt!"

Nur mit Mühe zog Isid seine alte, fransige Bluejeans an, aus der er schon lange herausgewachsen war. Das alte vergilbte T-Shirt mit dem tiefen Ausschnitt, das er irgendwo zwischen der nicht gebügelten und zerknitterten Wäsche im alten Antikschrank gefunden hatte, zog er zuerst in alle Richtungen auseinander, bevor er es anziehen konnte. Seine festen, jugendlichen Muskeln schienen das alte T-Shirt und die Jeans zu zerreißen. Er schämte sich, seine dichten, schwarzen Bauch- und Brustlocken zu zeigen. Viele Menschen spotteten darüber, behaarte Menschen seien den Affen näher geblieben. Er spreizte seine muskulösen Beine auseinander hockte sich mehrmals auf den Boden, um seine Jeans ein bisschen zu dehnen.

Andächtig schaute Rocco ihn an. Es waren genau diese kräftigen Muskeln und diese Klamotten, die Isids Körper nicht verstecken konnten und ihm das Blut vor Scham in den Kopf schießen ließen. „Wie ein Ringkämpfer siehst du aus!", stammelte Rocco.

Im Treppenhaus band Izid den Schlüsselbund an seinen schwarzen Ledergürtel und sagte: „Lass uns zum Fluss gehen!"
„Nicht auf den Deich! Hunderte Leute sind heute am Deich. Lass uns raus aus der Stadt gehen."
An der Haltestelle am Opernplatz drängten sie sich in die Straßenbahn, die voll von jungen Ehepaaren mit ihren kreischenden Kindern war.
Je mehr sie sich von der Stadt entfernten, umso mehr leerte sich die Straßenbahn, bis sie schließlich an der letzten Haltestelle als Letzte ausstiegen.
Ein freier Blick bot sich ihnen über die weite grüne Tiefebene, die im Norden und Westen von hohen blauen Bergen begrenzt war, Ein schmaler Weg schlängelte sich entlang der Gemüsegärtnereien und gekalkten Gewächshäuser. In kleinen Oasen an Geräteschuppen unter den Obstbäumen auf alten Stühlen saßen mit ausgebrannten, schmalen, faltigen Gesichtern die Gärtner. Sie spielten Karten. Staubige Tische waren mit Frühstücksgeschirr gedeckt: Kaffeekannen, Kaffeetassen, die Bouteille mit dem Schnaps. Und geräucherter Speck, den sie mit Taschenmessern in ihren groben, schwieligen, harten Händen zerkleinerten.
„Warst du schon einmal hier?", fragte Isid.
„Noch nie."
„Da im Süden, wo die Weiden und Pappeln zu sehen sind, ist der Fluss."
Links und rechts des schmalen staubigen Weges erfreuten sich die Reihen von Möhren und Petersilie und blaue Reihen von Kohlrabi und grün-weißen Porreefeldern der Sonne. Über die tief in die Erde hineingestoßenen Stöcke hinweg suchten die Gartenbohnen ihren Halt zu finden. Dazwischen, flach auf der Erde, schlängelten sich Melonenranken. Prächtig gediehen sie hier, von den Gärtnern gut gepflegt. Sie bekamen alles, was sie für das Leben brauchten, beste Nahrung und genügend Wasser. Sie brauchten keine Darmkanäle, sie schoben ihre Wurzelfransen einfach in die Erde und nahmen auf, was sie benötigten. Sie liebten sich und produzierten Millionen von Embryonen, mit denen die Menschen und viele andere Lebewesen ihre hungrigen Mäuler stopfen.

Sind menschliche Embryonen mehr wert als tierische und pflanzliche Embryonen?

Wer etwas anderes behauptet, landet auf dem Scheiterhaufen! Das wissen wir. Es brennt noch immer das Feuer in den Köpfen derjenigen, denen man sich zu widersetzen versucht. Die Sonne dreht sich noch immer um die Erde!

Auf der Höhe ihres Lebens werden die Pflanzen und die Tiere geopfert!

Auf der Höhe ihres Lebens bezahlen sie ihren Tribut!

Es wäre schrecklich, wenn die Pflanzen Gefühle und die Tiere Verstand hätten. Wenn sie wüssten, dass sie ihren Tribut mit sich selbst bezahlen müssen. Einige Menschen in der Gegenwart wissen, was sie tun.

Sie leiden darunter. Die Pflanzen und die Tiere sind nicht imstande, ihre Reproduktion einzustellen, um zu verhindern, dasselbe Leiden auf ihre Nachkommen zu übertragen.

Der Mensch in der Gegenwart tut es.

Es herrschte Windstille. Von irgendwoher breitete sich das Geruch von Stallmist aus.

Rocco lief vor Izid, dann wieder zu ihm zurück. Auf den Zehenspitzen drehte er Pirouetten und strahlte wie die Sonne selbst. Seinen Zeigefinger bohrte er in Izids Bauchmuskeln, um ihn zum Lachen zu bringen, ihn aus seinem Gleichgewicht zu bringen. Isid stapfte ruhig und im immer gleichen Tempo.

Hinter dem alten, rostigen, schiefen, von Gebüsch überwucherten Maschendrahtzaun, unter alten, morschen Obstbäumen entdeckten sie ein Häuschen. Ob das alte, schiefe, mit ausgetrocknetem Moos überwucherte Dach den nächsten Sturm überleben würde?

Wie die Eingangstür, so waren auch zwei kleine Fensterchen beiderseits der Tür von der Sonne und der Witterung ausgebleicht und verbogen. Nachdem der Putz abgefallen war, freuten sich die Ziegel, wieder Tageslicht zu erblicken. Auf dem Brett, das auf Säulen aufgenagelt war, die in die Erde eingeschlagen worden waren, saßen zwei alte, bucklige Geschöpfe. Das Kopftuch der Frau war tief unter den hängenden Halsfalten zugeknüpft.

Die zerfetzte, um die Hüfte gebundene Schürze, die wer weiß wann gewaschen worden war, schützte das Kleid, das sie darunter trug und das mit allen möglichen Pflanzensäfte gefärbt war.

Heruntergerutschte Strümpfe entblößten bläulich bräunliche, fleckige und knotig geschwollene Unterschenkel. Ihre dick geschwollenen Füße passten schon lange nicht mehr in die alten Pantoffeln.

Auf der kahlen bräunlich fleckigen Kopfhaut des Mannes ragten einige verwitterte, weiße Antennchen, die dem leisesten Hauch nachgaben. Die von Hosenträgern gehaltene, von Stallmist und Pflanzensäften verkrustete, hochgezogene Hose entblößte totenähnliche, weiße, ausgetrocknete Unterschenkel. Die Füße steckten in alten und zu großen, aufgeknüpften Schuhen. Nur die Augen hinter Hunderten Falten waren klar und neugierig.

„Hallo", grüßte Isid.

„Guten Tag", krächzten beide.

Ihre zahnlosen Münder verzogen sich zu einem Lächeln.

Der braune, struppige Hund unter dem Pflaumenbaum, sein Kopf zwischen den ausgestreckten Pfoten liegend, ließ Rocco und Izid nicht aus den Augen.

Zwischen dem aus groben Brettern zusammengefügten und mit Bitumenpappe bedeckten Stall und dem mit Kletterpflanzen überwucherten Maschendrahtzaun breitete sich jener weit über den Gärtnereifeldern stinkende Gestank des Mistes aus. Rocco lachte über einen Karton, der auf einem Stock befestigt war: „Frische Eier, Ziegenmilch und Ziegenkäse zu verkaufen!" Sie zahlen noch immer ihren Tribut. Wenn sie ihn nicht mehr zahlen können, werden sie sterben.

Am Deich waren sie enttäuscht. Statt Wasser, zwischen Pappeln, Weiden und Gebüschen, sahen sie Schottergruben und Schotterwege, wo sich die Leute mit Kies und Sand versorgten. Und rostige Autowracks, Waschmaschinen und Elektroherde. Die Menschen hatten sie weggeworfen, weil sie ihnen keinen Tribut zahlen konnten. Sie waren tot und in ihre Bestandteile zerfallen.

Auf der Schräge des Deichs und beiderseits des Weges am Deichrücken kümmerte sich das Gras um seine Nachkommen.

Der Löwenzahn hatte es geschafft, seine Embryonen stattete er mit Fallschirmen aus und ließ sie in die weite Welt fliegen.

Der Sumpf auf der rechten Seite des Deichs war ausgetrocknet, durch dorniges Gebüsch unbegehbar. Irgendwo in der Mitte des Sumpfes, von Efeu umschlungen, ragten die Pappeln in die Höhe. Es herrschte Mittagsstille. Auch die Vögel machten Siesta.

Rocco kündig aus der Ferne das Wasser an. Izid hob seine Hand und ließ sie wieder sinken. Er ließ sich nicht aus der Ruhe bringen.

Sie beschlossen, hier im Schatten eines Papeln zubleiben.

Der Kies knirschte unter ihren Joggingschuhen. Dicht am Wasser setzten sie sich nebeneinander und lauschten dem ruhig fließenden Wasser nach. Kein Mensch war da. Auch keiner ihrer Roboter war zu hören. Nur die jungen Vögel quiekten in ihren Nestern. Sie rissen sich um das Futter, mit dem ihre Eltern sie pausenlos fütterten.

Um seinen gepanzerten Körper zu entlasten, streckte Izid auf dem heißen Kies alle viere von sich. Rocco kauerte neben ihm und spielte mit Steinchen.

„Ich träumte einen Traum ...", begann Izid träumerisch mit verlorenem Blick ins endlose All, „... von einem hohen Berg und einem grünen Fluss am Fuße des Berges. Der Fluss war ganz grün von grünen Bäumen, Gebüschen und Wiesen, die sich im Wasser spiegelten. Ruhig fließt das grüne tiefe Wasser. Meine zwei Freunde mit ihren Freundinnen und ich sind Bergsteiger. Mit Rucksäcken auf dem Rücken durch dichte Buchenwälder kletterten wir zum steilen Berggipfel hinauf. Von oben bietet sich uns ein herrlicher Blick auf die anderen Berge im Süden und auf die Krümmungen des großen Flusses in der Tiefebene im Norden. Wir genießen die Schönheit der untergehenden Sonne und lauschen dem Summen der Stille. Wir übernachten in unseren aufgeschlagenen Zelten, jeder mit seiner Freundin."

„Gibt es denn einen solchen Berg?", fragte Rocco, den Kopf auf den angezogenen Knien abstützend.

„Es gibt ihn. Ich habe ihn gesehen. Und den herrlich grünen Fluss am Fuße des Berges habe ich ebenfalls gesehen. Oben war ich nie. Und werde es auch niemals sein."

„Vielleicht doch", murmelte Rocco, den Kopf immer noch auf den Knien abstützend.

„Nein! Das wird mir langsam klar. Das ist nur ein Traum!"

Von der Hitze vertrieben, streckte sich Izid im hohen Gras im Schatten der Pappel aus. Rocco erzählte von seinen Schulfreunden, die jetzt verliebt seien und keine Zeit für ihn hätten.

Mit auf seiner Brust gekreuzten Armen schlief Izid ein. Rocco blieb wach und wehrte die lästigen Fliegen ab, Mit aufgerissenen Augen und offenem Mund schaute er ihn an. So etwas Schönes hatte er noch nie zuvor gesehen. Er hielt es kaum aus, musste sich stark zusammenreißen, Izids alabasterweiße Haut nicht zu berühren. Mit rot angeschwollenen Augen, halb wach, wie durch eine Mattscheibe, sah ihn Isid an: „Ist was?"

Rocco riss sich zusammen. „Du hast nicht geschlafen fragte Isid. „Ich konnte nicht!"

Ihre Zungen klebten am Gaumen. Während Rocco flussabwärts lief, um Trinkwasser zu holen, zog Isid seine Joggingschuhe aus und versuchte Jeans auszuziehen. Sie waren zu eng. In Jeans schwamm er bis zum anderen Ufer und zurück, bis Rocco endlich mit kühlem Wasser zurück war.

Auf dem glitschigen, rutschigen Kies, bis zu den Oberschenkeln im Wasser auf dem Weg flussaufwärts, um sich ein bisschen Erfrischung zu beschaffen, schmiedeten sie ihre Zukunftspläne: Studium, Militär, Heirat, Arbeit, Kinder großziehen, Geld verdienen, Tribut bezahlen, sterben. Das Übliche.

In nassen, an ihren Körpern haftenden Jeans, am flachen, mit hohem Gras überwucherten Ufer, halb im Wasser, halb im Gras, ließen sie sich nieder. Isid schnitt mit seinem Taschenmesser einen dicken, glatten Weidenzweig ab.

„Weißt du, vor dreißig Jahren gab es in einem Land nur halb so viele Menschen wie heute. Durch ihre Arbeit versorgten sie sich selbst und ihre unzähligen Kinder. Die Arbeit reichte aber nicht, um Profite zu produzieren. Heute sind es doppelt so viele. Das Land ist aber nicht größer geworden. Da sie keine Profite produziert haben, haben sie auch keine neuen Arbeitsplätze geschaffen. Somit sind sie zum Hungertod verurteilt. Man versucht sie durch Almosen zu retten. Das reicht auf die Dauer jedoch auch nicht. Von den unverantwortlichen Vätern und Müttern, die für die explosionsartige Menschenvermehrung verantwortlich sind, ist nirgendwo die Rede."

Er schnitt die Weidenrinde spiralförmig ein und genauso spiralförmig zog er sie vom hölzernen Teil ab.

„Nicht nur die Arbeitsplätze in der Natur sind rar geworden. Auch die Arbeitsplätze, die von Profiten abhängen, sind rar geworden. Sie werden noch weniger werden, wenn die überzähligen Menschen die angehäuften Profite verbraucht – d. h. vernichtet haben."

Mit Akaziendornen fügte er die abgezogene Weidenrinde so zusammen, dass sie an einem Ende schmal und am anderen Ende breiter wurde. Aus dem übrig gebliebenen Holz fertigte er ein Mundstück und steckte es ins schmale Ende. Das Horn war fertig. Als Rocco zur Seite schaute, blies er kräftig in sein Ohr.

Als sie zurück bei ihren Pappeln waren, war eine Schar Ziegen da. Der weiß-braune, breitschultrige Ziegenbock mit langen, nach hinten gerichteten Säbelhörnern und einem Kinnbart schaute sie erhobenes Kopfes an. In kurzen Sprüngen liefen die Ziegen eine vor der anderen her. Mit ihren Mäulern zupften sie mal an den Blättern, mal am Gras. Sie verschwanden zwischen Gesträuch in Richtung ihrer Behausung.

Isid wurde von seinen Eltern förmlich überfallen, als er abends zu Hause war: „Wo treibst du dich herum? Such dir einen Job, statt zu faulenzen. Ein Schmarotzer bist du! Und so ein gesunder Bursche! Zumindest ein Wochenende könntest du uns helfen", schimpfte der Vater „Wie siehst du denn aus in diesen engen Klamotten?", schimpfte der Bruder. „Bist du etwa ein Ringkämpfer geworden? Wenn du schon ein Student bist, dann zieh dich wenigstens anständig an!"

„In drei Jahren bin ich mit meinem Studium fertig, ich bezahle euch alles zurück!"

„Schöne Versprechungen", schimpfte die Mutter. „Dass du eine Frau und Kinder haben willst, daran denkst du wohl nicht!" Izid wagte sich nicht an den Esstisch.

Roccos Eltern waren froh, dass ihr Sohn endlich einen Freund gefunden hatte.

Als ihn Rocco am nächsten Vormittag daran erinnerte, um 14:00 Uhr am Zentralplatz zu sein, änderte Izid die Zeit und den Ort des Treffens um: „Nein! Nicht unter der Uhr! Ich warte auf dich dort, wo die Ziegen sind!"

Schon lange vor Roccos Ankunft saß Izid im hohen Gras am Rande des Deichs und schaute auf das ruhig fließende Wasser. Er dachte nach: „Ich habe das Alter erreicht, in dem ich für mich selbst sorgen könnte. Stattdessen vernichte ich die Einnahmen meiner Eltern und meines Bruders, die ohnehin mager sind. Wenn sie mir ihre finanzielle Unterstüzung verweigern würden und ich keine Arbeit bekäme, würde ich zu grunde gehen. So ist das Gesetz! Oder ich müsste wie ein Schmarotzer dahinvegetieren, angewiesen auf Almosen. Mein Trost ist, dass meine Eltern ihre Einahmen doch richtig investierten. Meine Profite wären später zehnmal größer als die meiner Eltern und die meines Bruders.

„Ich bin nicht dumm, meine Erfolge beweisen es!"

Als Rocco, der sich von hinten angeschlichen hatte, ihn an der Schulter rüttelte, sprang er vor Schreck hoch. Beider Augen waren voller Freude. Sie ballten die Fäuste zusammen, um einander nicht in die Arme zu fallen. Rocco lief zu ihrer Pappel, um an einem Stumpf eines abgebrochenen Astes seine Provianttasche aufzuhängen. Dann lief er zum Wasser, kauernd stützte er sein Kinn auf seine Knie und starrte auf die andere Uferseite. Seine Gedanken schossen in alle Richtungen. Er bekam Angst. Izid setzte sich neben ihn und schwieg. Als sich Rocco ihm zuwenden wollte, lag Izid weiter hinten in Badehose im heißen Sand und kaute auf einem Grashalm herum. Rocco zog seine Badehose an und half ihm auf die Beine. Sie schwammen bis zum anderen Ufer hin und zurück.

Im hohen Gras im Schatten der Pappel breitete Rocco ein Tischtuch aus und deckte es mit Weißbrot, Schinken, Käse, Kuchen und platzierte ein paar Flaschen mit Obstsäften und Bierdosen daneben: „Schönen Gruß von meiner Mutter!"

Isid lief das Wasser im Munde zusammen, es erfasste ihn aber Ekel, als ein schwarzer Käfer auf einer Schinkenscheibe landete: „Du verdammtes, seelenloses Vieh!"

Behutsam fasste er ihn mit den Fingern und warf ihn in die Luft. Der Käfer breitete seine Flügel aus und flog davon. Rocco schaute dem Käfer hinterher:

„Meinst du, er hat keine Seele?"

„Jaa, so meine ich! Die Menschen sind wie jener rostige Topf im Busch. Er hat ausgedient. Es gibt viel bessere und zweckmäßigere Töpfe heutzutage. Die Menschen sind das Werk des Schöpfers und zugleich die Schöpfer selbst. Wir sind die Ideenträger. Idee bleibt Idee und Materie bleibt Materie, wenn ein Mensch, ein Tier, eine Pflanze oder eine Waschmaschine stirbt."

Rocco drückte Isids vollgestopfte Hamsterbacken: „Arbeitet ein Mensch, damit er leben kann, oder lebt er, damit er arbeiten kann?" Mit der Hand vor dem Mund schluckte Izid: „Damit er arbeiten kann!"

Er zeigte auf den fast erwachsenen jungen Vogel im Nest auf der Pappel:

„Das, was wir in unseren Köpfen besitzen, fehlt ihnen. Sie leben nach ihren Grundprogrammen. Sie können kaum Wissen speichern. Demzufolge haben sie nichts, was sie gegenüberstellen könnten. Sie können nicht bewusst arbeiten und keine Profite produzieren und keine Idee materialisieren. Sie können nur ihre Nachkommen produzieren. Sie sind da, um ihren Tribut mit sich selbst zu bezahlen!"

Izid erschlug eine lästige Fliege auf seinem Oberschenkel. Sie fiel auf den Rücken, zuckte mit den Beinen, flatterte noch ein paarmal mit den Flügeln und blieb dann regungslos liegen.

„Es war einmal ein treuer Husar!"

„Die Fliege hatte es gut. Sie wusste nicht, dass sie lebte. Für sie existiert weder gestern noch morgen. Sie lebte nur jetzt. Sie wusste nicht, dass sie geboren worden war, sie wusste nicht, dass sie eines Tages tot sein würde. Sie arbeitete nicht, sie produzierte keine Profite und materialisierte keine Idee. Sie lebte, um mit sich selbst ihren Tribut zu bezahlen. Im Gegensatz zu den Menschen. Die Menschen leiden deswegen. Zum Glück kennen sie ihre bevorstehende letzte Stunde auch nicht."

Die Ziegen waren da, als Izid und Rocco im Schatten der Pappel erwachten. In kurzen Schritten überholte eine die andere. Mit ihren Mäulern zupften sie mal an den Blättern der Gebüsche, mal am Gras. Zwischen dem Gesträuch verschwanden sie in die Richtung ihrer Behausung.

Während Rocco die Essensreste aufräumte, lag Izid noch immer auf dem Rücken im hohen Gras. Zwischen den flatternden Pappelblättern zum blauen Himmel emporschauend, fing er an zu erzählen, dass seine Eltern auf ihn böse seien, dass sie ihn als einen Faulenzer und einen Schmarotzer abgestempelt hätten und dass er sich, um Geld zu verdienen, einen Ferienjob suchen sollte. Als er aber sagte, dass er mindestens am Wochenende im Wochenendhaus helfen müsse, warf Rocco sogleich ein: „Ich arbeite mit dir und mache alles, was sie uns befehlen."

Die Ziegen wurden gerade von alten Mann gemolken, als sie an dem alten Häuschen vorbeigingen. Die alte Frau fütterte die Hühner, die Gänse und die Enten.

„Guten Abend", krächzten sie. Die bucklige Frau hielt sich an den Latten des Gartentores fest und schaute ihnen hinterher, bis sie aus ihrer Sichtweite verschwunden waren.

Am nächsten Samstag jäteten sie, düngten, hackten und begossen die fast ausgetrockneten Pflanzen im Garten des Wochenendhäuschens. Die Bohnen mit dem geräucherten Speck und der Rotwein zum Mittagessen schmeckten hervorragend.

Die Abende ziehen sich im Süden nicht wie im Norden in die Länge. Nach dem Sonnenuntergang wird es ziemlich schnell dunkel. Da es in den Bergen keinen Strom gab, gingen der Vater und die Mutter nach dem Sonnenuntergang gleich ins Bett.

Von der Veranda aus lauschten Izid und Rocco nach nachtaktiven Tieren: Sie vernahmen Fledermäuse in der Luft, Käuze in den Feldern und Eulen im Wald. Wie ein Scheinwerfer in der Disco beleuchtete der Vollmond das bergische Land zwischen den Wolken.

Die Bettwäsche in der Dachstube fühlte sich feucht und muffig an. Die Mücken summten ihnen um die Ohren. Klatsch, klatsch, auf Wangen und die nackten Körperteile.

Am nächsten Tag weckte sie die aufgehende Sonne. In den Weinbergen, auf den Mais-, Klee- und Kartoffelfeldern an den Bergabhängen unterhalb der Bergkette im Norden schillerte der Tau in allen Farben. Auf der Veranda streckten sie alle viere von sich und atmeten tief die frische Luft ein.

Der Vater und die Mutter saßen am Frühstückstisch.

Izids Vater war ein magerer Mann. Er tat alles, um die Familie über Wasser zu halten. Was blieb ihm auch anderes übrig? Ganze Regimenter an Schmarotzern begleiteten jeden seiner Schritte, um mit seinem Geld zu schmausen: der aufgeblasene Staatsapparat mit noch aufgeblaseneren Gehältern, die Ärzte, die Anwälte, die Lehrer, die Manager, die Schriftsteller, die Journalisten, die Kirchen. Und wenn es um seine Existenz ging, musste ihm sein Betrieb von eigenen ProfitenNachschub leisten. Die Betriebsprofite werden immer geringer und wenn sie einmal nicht mehr da sind geht der Betrieb bankrott. Beschäftigte bleiben ohne Arbeit- Izids Vater bliebe auf der Straße, die Existenz seiner Familie wäre bedroht. So ist das Gesetz! Wer keine Profite produziert, muss zugrunde gehen, weil er auf dieser Welt überflüssig geworden ist. Und wenn die Betriebe doch Profite produzieren, landen diese in der Tasche unproduktiver Schmarotzer und im Rachen der Banken, die ihm sein eigenes Geld teuer verkaufen.

Und dann ist der Diktator schuld, bei dem diese armen Unwissenden Rettung suchten, und nicht diejenigen, welche die Misere verursacht hatten. Izids Vater pflegte seinen Gegner mit seinen kleinen, grauen Augen unter den buschigen, ergrauten Augenbrauen so lange zu durchbohren, bis dieser nachgab. Wenn es ihm aber nicht gelang, den anderen zu überzeugen, machte er einen tiefen Buckel vor ihm.

Jedoch überschritt keiner dieser Schmarotzer das Gesetz, sie schmarotzten alle offiziell, mit „Viktoria"-Zeichen, weil die Gesetze auf ihre egoistischen Interessen zugeschnitten sind.

„Heute ist Sonntag", verkündete Izids Vater, „leider gibt es keine Kirche in der Nähe!" Keine Kirche, wo ihm sein sadistischer Gott und dessen sadistische Vertreter seine schon lange implementierte Implementation erfrischen sollten.

Er buckelte vor dem sadistischen Gott, er buckelte vor den sadistischen Implementatoren, er buckelte vor dem schmarotzenden Staat, er buckelte vor allen Schmarotzen.

„Heute Nachmittag ernten wir nur noch", tröstete sie die kleine, mollige Frau während des Mittagessens und richtete ihre kohlschwarzen Augen auf Rocco: „Wo habt ihr euch kennengelernt? Du stammst doch aus einer feinen Familie", und meinte damit wohl *Schmarotzerfamilie*.

„Beim Tanz? Hast du denn keine Freundin? So ein hübscher Junge und keine hat bisher deinen Weg gekreuzt?! Und Isid, hat er eine Freundin?"

„Eine schöne Hochgewachsene mit langen, dunklen Haaren."

„Komm mit ihr nach Hause und zeig sie mir! Ich koche ein gutes Essen für euch!" „Ach, lass mich", schaute Isid sie nervös an. Er füllte eine Gießkanne mit Wasser und hängte sie an den Zweig eines Obstbaumes. Sie duschten sich.

Nach dem Mittagessen legten sie sich auf der Veranda auf alte Liegestühle und schmiedeten Zukunftspläne: Studium, Beruf, Mädchen, Militär, Heirat, Kinder, alt werden, sterben. Das Übliche.

„Nicht dass du denkst, wir essen alles, was wir geerntet haben; die Hälfte schenke ich meinen Nachbarinnen", rechtfertigte sich die Mutter.

Roccos Eltern waren entsetzt, als sie sein von Mücken zerstochenes Gesicht und die Schwielen an seinen zarten Händen sahen. Seine Behauptung, dass er ein wunderschönes Wochenende in den Bergen verbracht habe, nahmen sie ihm nicht ab.

„Du sollst auf dem Niveau, in das du geboren wurdest, bleiben! Izid, gut und schön. Er ist zwar klug und nett, stammt aber doch aus einer anderen Welt!" „Wir wurden alle mit einem unbeschrifteten Kopf geboren. Jeder sollte die gleiche Chance haben, ihn zu füttern. Erst dann kann man die Menschen nach ihren Fähigkeiten sortieren", entgegnete Rocco.

Der Vater stimmte ihm zu, er solle aber trotzdem an seine Zukunft denken. Ein liebes Mädchen solle er kennenlernen. Die Jahre würden vorbeigehen. „Willst du dich ein ganzes Leben lang mit den Überresten quälen?" Rocco schwindelte es im Kopf.

Izids Eltern hatten sich an Rocco gewöhnt.

Jedes Wochenende arbeiteten sie im Garten des Wochenendhauses. Als Belohnung durften sie entspannte Tage am Fluss verbringen. Die Eltern hatten nichts dagegen, dass Isid während der Sommerferien zu Hause blieb. Auch den Wagen stellten sie Rocco zur Verfügung, nur dass ihr geliebter Garten in den Bergen nicht austrocknete.

„Was soll diese Verbindung?", schimpften Roccos Eltern. Er solle sich von Isid nicht beeinflussen lassen. Es solle sich einmal im Spiegel anschauen. „Wie sehen nur deine Hände aus! Willst du etwa ein Arbeiter werden? Nicht *ein* Buch hast du während der Ferien aufgeschlagen. Lass diesen verfluchten Isid", schrie der Vater.

Und als Rocco endgültig ablehnte, mit seinen Eltern zum Meer zu fahren, und erwiderte, dass er zwar ihr Sohn, aber nicht ihr Sklave sei, fuhren sie ohne Worte und ohne sich von ihm zu verabschieden, zu ihrem Haus an der Küste. Von den Eltern befreit, frühstückten Rocco und Izid am nächsten Vormittag auf der Terrasse von Roccos Elternhaus, alles vom Feinsten. Dann packten sie Proviant ein und fuhren zum Fluss.

Die zweite Hälfte des Sommers war beständig wolkenlos. Es herrschte trockene Hitze. Die Stadt wirkte ohne Studenten und Schüler wie ausgestorben. Da Isid so tüchtig gewesen war, schenkten ihm seine Eltern eine kurze blaue Sommerhose und ein passendes weißes T-Shirt dazu. Rocco erschien an diesem Sonntag ganz in Weiß.

Junge Männer im Kanu ruderten flussabwärts in ihre Basis zurück. Einige Menschen zogen am Deich vorbei. Isid und Rocco sprangen sofort ins Wasser.

Nach dem Mittagessen und Rotwein schlief Isid im Schatten ihrer Pappel ein. Rocco wälzte sich auf seiner Decke herum und streckte alle viere in Richtung des Himmels.

Eine leichte Brise trug die Musik aus der Ferne heran. Sie zogen sich an und gingen der Musik nach, bis sie nach einer halben Stunde rechts des Deiches eine schon lange renovierungsbedürftige Gaststätte entdeckten.

An alten Tischen im Schatten der Obstbäume mit brennenden Zigaretten in ihren Mundwinkeln, auf alte Stuhllehnen gelehnt und mit ausgestreckten Beinen saßen entblößte, behaarte, ergraute, halb betrunkene Männer und Frauen, die mit den Oberschenkelbewegungen unter ihren Sommerkleidern ihren verschwitzten Körpern Abkühlung verschafften.

Unter dem Vordach, vor offenen Fenstern und einer Wand, die wer weiß wie lange ohne Putz geblieben war, spielte die Musikkapelle. Junge Männer in alten, durchlöcherten Konushüten, mit schwarzen Schnurrbärten, die unter Spitznasen hingen, rußige – Zigeuner. Ihre groben Leinenhemden waren einst weiß und die Hosen weit und lang genug in der Zeit, als sie Jünglinge waren. Geigen, Trompeten, Tamburine, eine Schalmei und eine alte Ziehharmonika. Der Takt war in Ordnung. Aber der Klang nicht gestimmter Musikinstrumente? Nun ja. Die Musik – eine Mischung aus Jazz und Volksmusik sollte es wohl sein.

In ihren schweren, aufgeknüpften Schuhen und Sandalen auf dem abgenutzten Gras unter den Obstbäumen bewegten sich die plumpen Körper der Männer und Frauen. Unter einem Apfelbaum ganz hinten neben der Hecke war ein Tisch frei. Ein blondes dickes und ein dünnes, langes Mädchen in einer Gruppe von Jungen und Mädchen zwischen einem Getränketisch und der Musikkapelle blickten neugierig zu Rocco und Isid hinüber. Sie flüsterten einander etwas ins Ohr und kicherten. Dann liefen sie zum Isids und Roccos Tisch. Die dünne Lange packte Rocco an den Händen und die dicke Blonde Isid. zerrten sie zur Tanzfläche. Die Burschen und die Mädchen am Getränketisch krümmten sich vor Lachen. Als die Mädchen Rocco und Isid zu ihrem Tisch einluden, schlug ihr Lachen in Neugier um.

Die Dicke schlürfte an ihrem Wasser und richtete dabei ihre neckischen blauen Augen auf Isid: „Du gefällst mir", sagte sie rundheraus und lachte aus vollem Halse. Ihr praller Busen und der dicke Bauch wogten.

Die Dünne warf ihre dunklen, schweißnassen schlangenartige Haare mit einem Ruck ihres Kopfes, hinter die rechte Schulter, streckte sich über den Tisch zu Isid hinüber und sah ihn mit ihren dunklen Augen scharf an: „Sie kann gefährlich sein", sagte sie und setzte sich wieder ruckartig auf ihren wackligen Stuhl. „Sei vorsichtig", drohte sie mit ihrem langen Zeigefinger. Das rote Zahnfleisch über ihren langen, hervorstehenden, oberen Zähnen glänzte. Dann schob sie die Getränkegläser zur Seite und streckte sich über den Tisch ganz nah zu Roccos Gesicht: „Was macht ihr zwei hier?" Und schon zappelte sie auf ihrem Stuhl. „Wir baden da unten", sagte Rocco und zeigte in die Richtung ihrer Badestelle.

„Ihr seid aber braun!" Das dicke Mädchen pac kte Isids festen Bizeps mit ihren groben, dicken Fingern: „Die sind aber hart!"

Dann streichelte sie seinen dunklen Oberarm mit ihrer harten, rauen Handfläche: „Was für eine weiche Haut du hast! Ihr wohnt sicherlich in der Stadt, ihr braucht bestimmt nicht zu arbeiten." Und zu ihrer Freundin gewandt sagte sie: „Sie stammen bestimmt aus reichen Familien, sie haben Glück in ihrem Leben." Dann drehte sie ihren Kopf wieder zu Isid herum und fuhr fort: Wir können uns nicht vorstellen, sorglos zu leben, nicht arbeiten zu müssen! Wir möchten wie ihr zwei gepflegt und schön sein!"

Die falschen Klänge der nicht gestimmten Musikinstrumente beherrschten die ganze Atmosphäre im Obstgarten.Die Mädchen entfuhrten Izid und Rocco wider zur Tanzfläche. Die Dünne schwebte wie eine Gänsedaune in der Luft, bog ihren biegsamen Körper mal zum Boden, mal in die Luft oder drehte eine Pirouette auf den Zehenspitzen. Sie lachte vor Glück, das rote Zahnfleisch glänzte. Die Schweißflecken unter den Achselhöhlen auf der Brust und am Rücken wurden immer größer, der Schweißgeruch immer schärfer. Als sie wieder am Tisch saßen, zeigte die Dicke mit dem Daumen auf die Jungen und Mädchen hinten neben dem Wirtstisch,Sie krümmten sich vor Lachen. Der große Busen und der Bauch der Dicken wogten.

Nachdem Izid und Rocco sich vorgestellt hatten, fragten sie nach ihrer Name.

Die Dicke wölbte ihre fleischigen Lippen: „Anna." Die Dünne streckte sich über den Tisch und rief: „Ich heiße Lisa! Könnt ihr euch das merken?" Aus der Kleidertasche zog sie eine Kordel heraus und versuchte, ihre fettigen Haare am Hinterkopf damit zusammenzubinden, warf sie aber gleich wieder auf den Tisch, als die Musik im Obstgarten erschallte. Das Gras auf der Tanzfläche war völlig platt getreten, die aufgeknüpften Schuhe der Männer und die Sandalen der Frauen waren mit einer dicken, gelblichen Staubschicht bedeckt.

Lisa riss einige Zweige aus der Hecke heraus, als sie zurück waren, und reichte die Hälfte Anna. Sie fächelten mal sich selbst, mal Rocco und Isid zu.

Ein untersetzter Mann mit schwarzem, hängendem Schnurrbart schmiss seinen Zigarettenstummel auf den Boden und zerdrückte ihn mit seiner dicken Schuhsole. Lisa band ihre Haare am Hinterkopf zusammen.

„Kommt ihr morgen wieder?", fragte Lisa.

„Wir wollen nichts von euch!"

„Nur tanzen, sonst nichts!"

Dann verschwanden alle durch eine enge Spalte im Heckenzaun und verteilen sich auf den Gärtnereifeldern.

In den letzten Strahlen der untergehenden Sonne schillerten Millionen winziger Wassertropfen in der Luft, als sich Izid und Rocco auf dem Weg nach Hause nach den Gärtnereifeldern umschauten.

Die Luft war drückend und schwül am nächsten Tag. Das Wasser perlte auf ihrer braunen Haut. Eine ungeheure Spannung baute sich in ihrem Inneren auf. Es kribbelte in ihren Körpern. Sie versuchten, ins Wasser, ins Gebüsch und auf den Deich zu entfliehen.Die Anziehungskraft die sie aufeinander ausübten, war zu groß. Und je mehr Zeit sie miteinander verbrachten, umso schlimmer wurde es, so als ob ein unsichtbares Gummiband sie miteinanderbinden würde.

Einer neben dem anderen im Schatten der Pappel hockend, das Kinn auf den umklammerten Knien, starrten sie auf das trockene Gras. Ohne Gedanken, ohne Verstand. Ohne Hunger, ohne Durst, ohne die Mückenstiche zu spüren. Nur dieses unerträgliche, süße Wimmeln. Von unbekannten Kräften gezwungen, berührte Rocco Isids weichen Nacken.

Schuldbewusst zog er sich blitzschnell wieder zurück. Wie ein Igel vor dem Hund krümmte er sich zu einem Knäuel. Isid rührte sich nicht.

Trübe Gedanken quälten Rocco, als er aus dem Wasser zurückkam. Er ging an Isid vorbei und legte sich auf die andere Seite der Pappel. Isid schaute ihm hinterher. So etwas Schönes hatte er noch nie gesehen. Er legte sich auf das trockene Gras neben ihn und schaute mit am Hinterkopf verschränkten Händen zwischen den flatternden Pappelblättern zum Himmel hinauf. An seiner Wange spürte er die sanfte Berührung von Roccos Fingern.

Er rührte sich nicht.

Der Himmel im Westen wurde trüb. Die Luft immer drückender. Die Sehnsucht nach Rocco und das gewaltige Bedürfnis, ihn anzuschauen und ihn zu berühren, quälten ihn. Er wagte es nicht.

Die Hitze und die Fliegen wurden unerträglich.

Er setzte sich neben Rocco, saugte mit seinen dunklen Augen sein ganzes Wesen auf und fragte schluckend, ob sie würden tanzen gehen wollen.

„Ich habe keine Lust", schrie ihn Rocco ärgerlich an.

„Bist du mir böse?", flüsterte Isid.

Rocco sprang auf und sah ihn verwundert an: „Ich bin dir nicht böse", schrie er, lief die Deichschräge hinauf und setzte sich auf das trockene Gras zu den ausgetrockneten Gebüschen der Sumpfseite hin: „Es kann nicht sein!"

Die Sonnenstrahlen durchdrangen den trüben Himmel nicht mehr. Hinter den Bergen im Westen wälzten sich erste dunkle Wolken in ihre Richtung. Die Blitze wurden immer häufiger, der dumpfe Donner immer lauter.

Isid war Rocco gefolgt, setzte sich neben ihn und schwieg. Dann verschwand er in den dichten, ausgetrockneten Gebüschen und kam nicht zurück. Rocco war es unheimlich. Dann entdeckte er verborgene Wege im Dornenbusch. Er kroch die Wege immer weiter bis zu einer breiten Lichtung mit von Efeu umschlungenen, hohen Pappeln, wo erhobenen Hauptes die Ziegen ruhten und wiederkäuten. Auf der Erhebung unter einer umgestürzten, von Efeu dicht umschlungenen Pappel saß Izid und lächelte.

Wie ein Mondsüchtiger schritt Rocco zu ihm. Erstarrten Gesichtes setzte er sich dicht neben ihn.

Es wurde dunkel. Die Blitze heller, der Donner lauter. Ihrem Ziegenbock folgend, verschwanden die Ziegen durch ihre Dornbuschtunnel.

Die erfrischende Brise verwandelte sich in Wind. Auf die saftigen Efeublätter schlugen erste dicke Regentropfen. Unter dem dichten Efeudach rückten sie dicht zusammen. Sie umarmten sich, betrachteten einander ganz nah und ganz frei: ihre Haare, ihre Augen, ihre Augenbrauen, ihre Wimpern, ihre roten, angeschwollenen Lippen. Sie streichelten einander. Sie spürten die Wärme ihrer Körper und den Duft ihres Atems. Der unsinnige Kampf war verloren.

Der Wind wurde zum Orkan. Die Pappeln bogen sich tief zum Boden. Die Äste krachten. Das Wolkenwasser durchdrang jedes Versteck.

Eng umschlungen klammerten sie sich aneinander fest. Sie küssten sich. Das Wasser floss über ihre Körper.

Die Abstände zwischen Blitz und Donner waren verstrichen.

Sie klammerten sich fest aneinander, aus zweien wurde einer.

„Ich liebe dich" wurde klarer und lauter als das grellste Licht und der lauteste Knall. Ihre Liebe dauerte nur eine Sekunde.

ENDE

Der Autor

Kunibert Horwat wuchs in einer Großfamilie in Kroatien auf. In Zagreb besuchte er ein Jesuiteninternat und setzte anschließend unter dem kommunistischen Führer das klassische Gymnasium fort. Nach dem Abitur immatrikulierte er sich an der medizinischen Fakultät und arbeitete nach dem Studium in einer Blutbank. Nach zwei Jahren wurde ihm nahegelegt, der kommunistischen Partei beizutreten. Aber Horwat folgte einem anderen Ruf: In Köln nahm er in der chirurgischen Abteilung eine Stelle als Assistenzarzt an.

Zu Beginn empfand er es nahezu als „befremdend", überallhin gehen zu können, ohne bespitzelt zu werden. An die Stelle der geliebten Natur seiner Heimat trat im demokratischen Deutschland nun die Kultur. Horwat liebt und lebt für Deutschland und Europa, das er als seine Heimat bezeichnet. Für ihn ist Europa der schönste Kontinent alle Kontinente!

„Ich fühle mich im demokratischen Europa frei wie ein Vogel in der Luft", sagt er.

novum VERLAG FÜR NEUAUTOREN

Der Verlag

> *Wer aufhört besser zu werden, hat aufgehört gut zu sein!*

Basierend auf diesem Motto ist es dem novum Verlag ein Anliegen neue Manuskripte aufzuspüren, zu veröffentlichen und deren Autoren langfristig zu fördern. Mittlerweile gilt der 1997 gegründete und mehrfach prämierte Verlag als Spezialist für Neuautoren in Deutschland, Österreich und der Schweiz.

Für jedes neue Manuskript wird innerhalb weniger Wochen eine kostenfreie, unverbindliche Lektorats-Prüfung erstellt.

Weitere Informationen zum Verlag und seinen Büchern finden Sie im Internet unter:

w w w . n o v u m v e r l a g . c o m

Bewerten Sie dieses Buch auf unserer Homepage!

www.novumverlag.com